Vente du Jeudi 1er Avril 1875

HOTEL DROUOT, SALLE N° 5

A DEUX HEURES ET DEMIE

TABLEAUX

ET

DESSINS

PAR

M. AMAND GAUTIER

EXPOSITION PUBLIQUE

Le Mercredi 31 Mars 1875, de une heure à cinq heures.

Me EUGÈNE ESCRIBE   **M. DURAND-RUEL**

COMMISSAIRE-PRISEUR   EXPERT

PARIS — 1875

Vᵉ RENOU, MAULDE et COCK

IMPRIMEURS DE LA COMPAGNIE DES COMMISSAIRES-PRISEURS

Rue de Rivoli, 144.

CATALOGUE

DE

TABLEAUX

ET

DESSINS

PAR

M. AMAND GAUTIER

DONT LA VENTE AUX ENCHÈRES PUBLIQUES AURA LIEU

HOTEL DES VENTES MOBILIÈRES

RUE DROUOT, 5, SALLE N° 5

Le Jeudi 1er Avril 1875

A DEUX HEURES ET DEMIE

Par le ministère de **Me ESCRIBE**, Commissaire-Priseur,
rue de Hanovre, 6,

Assisté de **M. DURAND-RUEL**, Expert, rue Laffitte, 16, à Paris,

CHEZ LESQUELS SE DISTRIBUE LE CATALOGUE.

EXPOSITION PUBLIQUE

Le Mercredi 31 Mars 1875, de une heure à cinq heures.

PARIS — 1875

CONDITIONS DE LA VENTE

—

Elle sera faite au comptant.

Il sera perçu CINQ CENTIMES PAR FRANC en sus des adjudications, applicables aux frais.

M. **AMAND GAUTIER** pense — et nous pensons
comme lui — que les deux ou trois envois tolérés
annuellement par le règlement du Salon, ne suffisent
point à un artiste laborieux et convaincu pour se main-
tenir en communion avec le public. Quand il n'en est
plus aux débuts, quand il a des mobiles plus hauts
que le succès de vente, il éprouve un besoin anxieux
d'exposer le but qu'il poursuit, les phases qu'il a tra-
versées, les moyens qu'il a tentés. Il n'est point
d'usage qu'on ouvre à deux battants ses ateliers. D'ail-
leurs la fashion n'irait pas. Il n'existe malheureuse-
ment pas encore à Paris d'endroit discret et commode
où l'on puisse, sans prétention comme sans réticence,
accrocher quelques centaines d'études ou de dessins,
— voire de tableaux — se complétant et s'expliquant les
uns par les autres. L'hôtel Drouot seul offre cet avan-
tage d'attirer journellement la foule et par conséquent
de provoquer la critique à fond. M. AMAND GAUTIER
en a déjà usé l'an dernier, pour une série de fins et
libres croquis à l'aquarelle. Il tente de nouveau l'aven-
ture avec des fusains, des ébauches et des composi-
tions à l'huile.

Nous n'avons presque qu'à annoncer cette vente.
M. AMAND GAUTIER a marqué sa place dans l'École
par des œuvres franches et senties. Il s'y est maintenu.
Il est né à Lille, en 1825. Il a reçu les conseils de ce
Souchon, que le public connaît trop peu et de chez
qui sont encore sortis Daumier, Jeanron, Diaz, Ca-
rolus Duran et bien d'autres artistes de marque.
Souchon, élève de Gros autant que de David, méri-
dional passionné et réfléchi, plaidait avec une élo-
quence égale pour Raphaël, pour Rubens et pour
Titien. Ces éclectiques s'énervent d'ordinaire dans des
recherches irréalisables de perfection qui s'excluent
réciproquement, mais ce sont d'inappréciables profes-
seurs. Souchon, ami de Géricault, ami de Sigalon
(dont il fut même l'aide dans la copie du *Jugement
dernier*), passa sa vie à semer à tous les vents les conseils
les plus élevés comme les plus pratiques, et à recom-
mencer ses œuvres en les gâtant sans cesse. Il restera
de lui les copies admirables que possède le riche
musée de Lille et un *Christ descendu de la croix* que
Corot déclarait « une merveille. » Il vivra aussi par
ses élèves. Il nous représente clairement cette portion
de l'atelier David qui, comprenant sainement la
doctrine du peintre de *Marat assassiné*, n'immobilisa pas
le dessin dans un contour abstrait, suivit la forme dans
ses actions vitales, maintint les droits de la lumière
et de la couleur, et n'érigea pas le pédantisme en
article de foi. On sait au contraire à quelle absence de

vie, de sentiment et de logique, à quelle intolérance dogmatique, à quelle stérilité contagieuse arrivèrent les autres élèves de l'atelier David, ceux qui prirent au pied de la lettre des formules autoritaires que démentaient le crayon et le pinceau du maître.

M. AMAND GAUTIER a pris, tout jeune, sous l'œil de Souchon, la généreuse résolution d'en appeler sans cesse à la nature pour réaliser ses conceptions. Si nous pouvions passer en revue la liste de ses envois aux Salons, de 1853 à 1874, on se rappellerait combien il s'est astreint à dégager l'émotion des circonstances extérieures de la vie, le drame de la réalité : en 1853, c'est la *Promenade du jeudi*, des frères de la doctrine, aux vêtements noirs, aux visages flétris, qui traversent la campagne ensoleillée; en 1857, les *Folles de la Salpêtrière*, une des rares études physiologiques qu'ait abordées l'École contemporaine et dont l'intensité d'observation était profondément émouvante; en 1859, la *Promenade des sœurs de Saint-Vincent-de-Paul*, ingénieuse et heureuse réplique de la *Promenade du jeudi;* puis des portraits en pied, cherchant, à un moment où c'était encore une hardiesse incomprise, l'allure réelle de l'homme moderne, les signes de sa profession et du travail de sa pensée. A ce salon des Refusés, où dix œuvres battaient à plate couture le Salon trié par le jury abandonné à l'Institut, AMAND GAUTIER avait une *Femme adultère,* scène poignante, à laquelle son dessin de dimensions naturelles et son ordonnance eussent mérité une des premières récompenses. L'an dernier encore, tous les amateurs de la vraie peinture, de ce modelé savoureux qui baigne la forme dans les jeux de la lumière, des passages de ton et de reflets, ont admiré une *Baigneuse*, vue de dos, dans un bois. Rien de plus français, dans le sens de la claire et souple peinture du XVIII° siècle.

Il ne nous reste qu'à rappeler les réflexions qui ouvrent ces pages : M. AMAND GAUTIER se présente au public avec une soixantaine d'études de femmes, de paysages, d'intérieurs, de natures mortes, d'effets et de sensations plus ou moins fixés. Nous y retrouvons partout l'affirmation d'un artiste doué, d'un chercheur et d'un esprit sincère. On pourra différer sur le détail de ces panneaux ou de ces toiles, sur le plus ou moins de réussite, de degré d'achèvement; mais nous avons la confiance que l'on confirmera notre jugement général qu'AMAND GAUTIER a tout à gagner à cette épreuve.

Ph. BURTY.

28 Février 1875.

TABLEAUX

DÉSIGNATION

TABLEAUX

—

1 — Tête d'enfant.

2 — Que devenir ?

3 — Sœur arrosant des fleurs.

4 — L'Hiver.

5 — Mes Voisins (de ma fenêtre).

6 — Un Coin de jardin.

7 — Coq de bruyère (nature morte).

8 — La Conférence.

9 — Baigneuse.

44 — Intérieur d'une teinturerie.

45 — Paysage (environs de Saint-Cloud).

46 — Vue de Saint-Ouen.

47 — Étude de jardin.

48 — Moulins du Nord.

49 — Paysage (Bel-Air).

50 — La Rivière (Saint-Ouen).

51 — Paysage (Saint-Ouen).

52 — Paysage (bois de Boulogne).

53 — Paysage (Saint-Ouen).

54 — Mélancolie.

DESSINS

DESSINS

65 — La Repasseuse.

66 — Étude sur nature (Pastel).

67 — Méditation.

68 — Petit Vaurien.

69 — L'Entretien (religieuses).

70 — La Veuve (Aquarelle).

71 — La Femme de ménage.

Vᵉˢ Renou, Maulde et Cock, imprˢ de la Compagnie des Commissaires-Priseurs, rue de Riveli, 144. 51485